AF561389

LES MYSTÈRES
DE LA CHEMISE.

IMPRIMÉ CHEZ PAUL RENOUARD,
Rue Garancière, 5.

LES MYSTÈRES
DE LA CHEMISE

PAR LONGUEVILLE

Chemisier du Roi

DIX-SEPT VIGNETTES PAR E. DE BEAUMONT

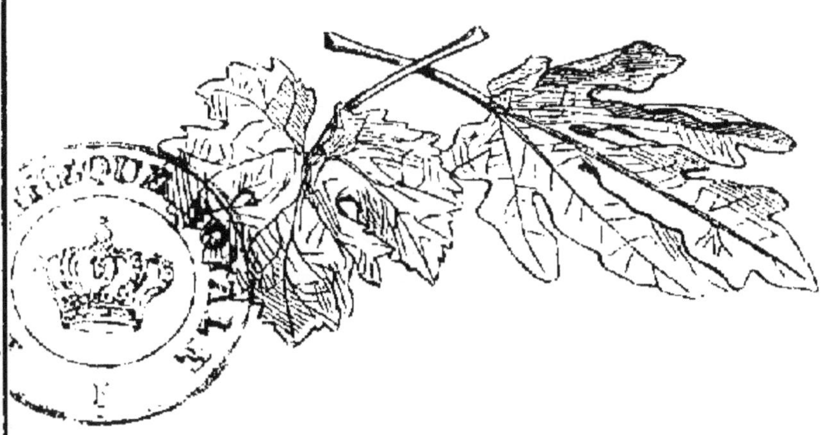

PARIS

AUBERT ET Cie,
Place de la Bourse, n. 29.

L'AUTEUR,
Rue Nve-Vivienne, 49 et 51.

ST.-PÉTERSBOURG

LEPRÊTRE, CHEMISIER, GRANDE MORSKOY.

MORALITÉ.

Ce livre, qui s'adresse à toutes les opinions et à toutes les familles, ne fera point parade de nudité.

Il sait que les hommes de goût préfèrent

aux toilettes les plus éblouissantes un aimable négligé.

Les vertus privées et publiques — les mœurs bonnes ou mauvaises — ne recevront donc aucune atteinte. Ainsi sera déçu le doux espoir des perturbateurs du repos public et des procureurs du roi.

La civilité est un besoin de tous les âges, l'honnêteté une loi de tous les gouvernemens, et le grand tort des fabricans de mythologie et d'Olympe est d'avoir fait sortir la Vérité du fond d'un puits — toute nue.

Si cette même Vérité, au lieu d'être vêtue d'un miroir, avait seulement une chemise, les femmes en auraient moins peur, —et on la recevrait plus souvent dans la bonne société.

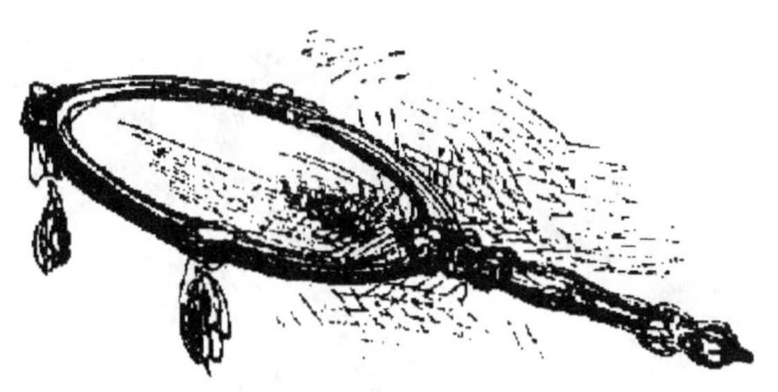

I.

Ressemblance garantie.

Plusieurs de mes collatéraux, un grand nombre de mes amis intimes, et quelques parens qui font l'ornement de la province, m'avaient, à différentes reprises, exprimé le vœu de posséder un souvenir de moi.

J'avais d'abord pensé à une mèche de mes cheveux; mais, outre que le cadeau est vulgaire, de mèche en mèche, il aurait eu l'inconvénient de me faire filer une mauvaise laine. A force de distribuer ainsi à droite et à gauche des échantillons de ma chevelure, il ne m'en serait plus resté assez pour mon usage personnel. Je redoute la calvitie, parce que de la calvitie aux rhumes de cerveau il n'y a que l'épaisseur de l'épiderme.

Je passai à un autre moyen, et j'étais décidé à un envoi général d'autographes, quand il me vint aux oreilles que la signature de Molière se vendait mille écus, et qu'on surchargeait de billets de banque une épître amoureuse de Sophie Arnoult. On aurait pu en faire autant de mes manuscrits après ma mort.

Je ne voulus pas coûter à mes héritiers des frais d'adjudication.

C'est alors que l'idée me vint de mon portrait.

Au fait, puisqu'aujourd'hui toute ressemblance humaine est garantie au prix de vingt-cinq francs et au-dessous — puisque le daguerréotype, cette sublime mystification de M. Daguerre, grimpé sur les épaules de M. François Arago, a envahi les ménages et les loges de concierge, — puisque nous avons au Louvre une exposition annuelle pour la réjouissance des profils de parfumeurs, des trois quarts de pairs de France, et des faces de sergens de ville, — pourquoi donc me refuserais-je ce divertissement ?

Non-seulement le bourgeois se fait portraire, mais aussi l'artiste.

Le compositeur de romance,

L'homme de lettres,

L'arracheur de dents,

Le commissaire-priseur,

Le pianiste,

Le député,

Le maître des requêtes,

Le ténor léger,

Le vicaire,

Le danseur,

et une multitude de sommités sociales, éprouvent le besoin d'écrire leurs noms sur les murs, sur les affiches, dans les réclames, et d'embellir de leur ressemblance lithographiée la devanture des boutiques.

L'écrivain qui offre au public une œuvre de la gravité de celle-ci, lui doit une profession de foi. Si courte que soit l'explication, si brève que soit la préface, cela n'empêche pas l'une ou l'autre d'être ennuyeuse : on saute par-dessus, mais on s'arrête, comme tant de fois je l'ai fait moi-même, à contempler un buste.

— Il y a de l'observation dans cette tête, déclare un physiologiste.

— Ce nez me plaît, dit l'une;

Tandis que l'autre murmure d'un ton timide :

— Je ne déteste pas cet œil en amande.

Et pour un cil, un pli de bouche, une coupe de favoris, un livre se place à deux cent mille exemplaires.

Quant à moi, je suis certain que les ouvrages classiques, au temps où ils ne s'imprimaient pas, se seraient vendus à bien plus grand nombre, s'ils eussent été, comme celui-ci, parés de vignettes.

L'antiquité et le moyen-âge nous ont légué trois portraits d'hommes illustres qui ne sont ressemblans que par les yeux, et qui ne le seraient pas, si Homère, OEdipe, et cette vieille culotte de peau de Bélisaire, n'avaient eu de leur vivant le bonheur d'être aveugles.

II

Au corps-de-garde.

Une patrouille de cette superbe et valeureuse troupe, qu'on intitule la garde nationale, débouchait, dans la rue Mouffetard, d'une des ruelles qui avoisinent les Gobelins.

Deux heures sonnaient à Saint-Médard.

C'était par une nuit pluvieuse de décembre. Le verglas, mêlé à la fange des rues, craquait sous les pieds ; la neige saupoudrait par intervalle les bonnets à poil des quatre héros qui soufflaient dans leurs doigts, et ne songeaient guère au jour de l'an, quand, d'une maison de mauvaise apparence qu'ils venaient de dépasser, tomba un corps long et lourd.

Un plaintif murmure se fit entendre.

Les citoyens battirent le pas de charge, et se portèrent en hâte sur le lieu du sinistre.

Le corps lourd était un jardin anglais qui avait rompu les supports de son cinquième étage. Le cri avait été poussé par un vieux caniche, que le parterre aérien avait étouffé dans sa chute.

— Quelle aventure!... s'écria M. Greluchet, mettant bas les armes au poste de la place Maubert, où la patrouille venait de rentrer.

Cela dit, M. Greluchet se dépouilla successivement de ses buffleteries, de son uniforme et de son gilet de laine; puis ce fut le tour du pantalon.

— Que faites-vous donc, là, grenadier, dit le caporal.

— Pardieu! vous le voyez, continua M. Greluchet, tirant des profondeurs de son bonnet d'ours un je ne sais quoi, blanc et menu, qui ressemblait d'abord à un mouchoir, puis à une serviette, puis à une nappe, puis à un drap, et qui finalement se trouva être une sorte de long peignoir dont le corps était fort large et les manches très étroites.

Ce vêtement excita, comme on le pense, la curiosité et l'hilarité du corps-de-garde.

M. Greluchet, calme et ferme, ainsi que tout honnête homme doit l'être, ne perdit pas contenance en face de ces interrogations, de ces éclats de rire et de ces quolibets qui se croisaient sous ses yeux et à ses oreilles, ni plus ni moins qu'un feu de file au polygone de Vincennes.

Moitié déshabillé, moitié vêtu, M. Greluchet, assis sur le bord du lit de camp, dans cette attitude rêveuse et nonchalante que les Keller donnent aux amours fleuris qui se lavent les pieds dans les bassins de Versailles, M. Greluchet expliqua comme quoi, en sa bonne ville de Nogent-sur-Vernisson. d'où il arrivait, il ne manquait jamais, dans l'exercice de ses devoirs de citoyen–soldat, de se coucher au corps - de - garde absolument comme dans son alcôve, et qu'à cet effet il se munissait toujours de son *amadis*.

Nouvelle explosion de sarcasmes.

— Une amadis ! s'écriait-on, qu'est-ce que c'est que cela?

— Parbleu, *une ame à dix*, c'est-à-dire un cœur pour dix amans, répondait le calembouriste de la société.

Il y en a toujours au moins un au corps-de-garde.

— Ne serait-ce pas plutôt, reprenait un marchand de bric-à-brac, le paletot que portait le fameux Amadis de Gaule?

Force fut donc à M. Greluchet de reprendre la parole avec ce dédain superbe que procure la vertu.

— Feu mon père, dit le grenadier, rajustant tant bien que mal ses bretelles, était, de son vivant, médecin de la délicieuse ville de Nogent-sur-Vernisson, ce qui ne l'empêchait pas de vivre à Paris, en fort aimable commerce avec ces Messieurs de l'Encyclopédie, dont vous ne me paraissez guère vous souvenir, et en particulier avec Diderot et Marmontel. Feu mon père eut l'honneur d'être le confident de plus d'une aventure amoureuse de l'auteur de *Bélisaire* et des *Contes moraux*, lequel, soit dit en passant, était fort recherché des femmes pour ses grâces herculéennes. Or, M. Marmontel, M. Diderot, M. d'Alembert, qui se soignaient dans leur linge comme dans leurs écrits, faisaient tous usage des *amadis*, lesquelles, messieurs, n'étaient autre chose que des chemises de nuit, dont vous voyez ici un spécimen.

Il était facile, en effet, de se convaincre à la coupe, à l'étoffe, et surtout à l'usure, que l'*amadis* de M. Greluchet datait de l'autre siècle. Cette *amadis* avait fait partie de l'héritage paternel.

Le jour coupa court aux considérations rétrospectives de M. Greluchet. Chacun s'ingénia à trouver un prétexte pour prendre la fuite. Le grenadier de Nogent-sur-Vernisson ne tarda pas à faire comme tout le monde, il endossa sa capote, réintégra son amadis dans son bonnet, chargea son fusil sur son épaule, et suivit tout pensif le chemin qui mène de la place Maubert au cul-de-sac du Bon-Puits.

III.

Le pigeon messager.

Greluchet ne pouvait mettre à la porte de son imagination le souvenir du corps-de-garde; et pour l'honneur des ménages, on ne rendra pas le lecteur confident des violences intimes que huit jours durant il exerça sur son intérieur. — Sa cruauté, son absence de délicatesse, alla jusqu'à laisser mourir de faim dans sa cage un vieux chardonneret borgne qu'il avait importé de la province à Paris.

Le temps est un infaillible magnétiseur. Un matin Greluchet se réveilla plus frais que de coutume : il mit le nez à la fenêtre, appela le commissionnaire d'en face, lui glissa une pièce de quinze sous dans la main gauche, et dans la droite déposa une enveloppe assez volumineuse illustrée de cette suscription en batarde :

MONSIEUR

MONSIEUR LONGUEVILLE

chemisier du roi ;

rue Neuve-Vivienne, 49 et 51.

J'achevais de couper une chemise pour Sidi-Ben-Ahmed-Amouza, l'un des fonctionnaires publics du kalifat de Constantine, lorsqu'on me remit mystérieusement le message.

— Port payé ! — grogna le Mercure aux souliers ferrés en me tournant les talons.

Je déchirai l'enveloppe, non sans crainte — et

IV.

Mémoire à l'Institut.

......Une multitude de carrés de papier joncha mon magasin. Les ramasser , les trier, les mettre en ordre ne fut pas l'affaire d'un instant. Ce manuscrit traitait d'une façon spéciale des droits et des devoirs de ma profession. Je le lus donc , ou plutôt je le dévorai avec une curiosité dont M. Jacques Lefebvre, M. Ganneron, M. Cunin-Gridaine, les nombreux Halphen, et tant d'autres négocians que le commerce a rendus millionnaires, n'auront pas de peine à se rendre compte.

Le public me saura gré de reproduire ici ce travail, dépouillé de ses artifices oratoires et de ses pattes de mouches.

« La chemise n'a point encore eu d'histoire et la chemise en vaut la peine, non moins que le bouclier d'Achille et la ceinture de Vénus; — d'où il suit que ce chapitre s'adresse aussi bien aux consommateurs qui aiment le linge blanc, qu'à ceux qui préfèrent le linge sale !

« O mes concitoyennes ! ne faisons pas fi du linge sale ! Le linge sale nous a valu un bon mot de Napoléon, qui en était chiche.

« L'origine de la chemise ne se perd pas

dans la nuit des temps, suivant le lieu commun des annalistes, qui ne savent pas le premier mot de ce qu'ils vont dire. L'origine de la chemise date tout bonnement de la création du monde. Il y a plus, je n'hésite pas à la placer au sein même du Paradis terrestre : il est vrai qu'alors elle ne consistait que dans la chevelure blonde ou brune — les écritures ne sont pas d'accord — de notre commune mère Ève.

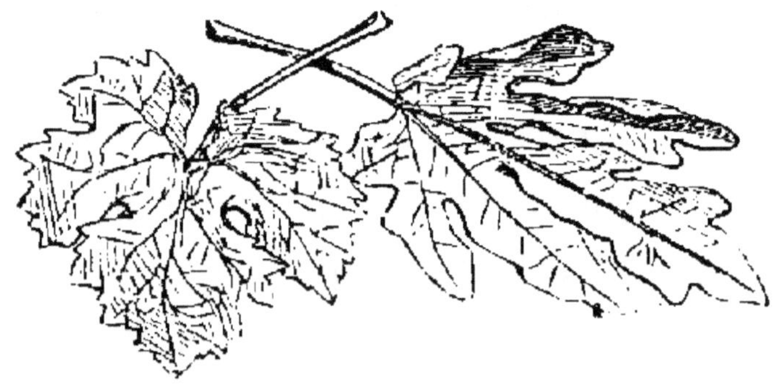

« Après la chute de la première femme, la chemise subit une transformation nouvelle, et prit les apparences d'une feuille de vigne.

« Survint le déluge, et la chemise de Noé se trouva être la redingote que son fils Japhet lui jeta sur le ventre un jour où il avait fait abus de liqueurs fortes.

« Sautons à pieds joints par dessus l'Inde et les îles Marquises, qui n'ont à nous offrir que des plumes ou des peaux d'animaux féroces. Traversons d'un pas rapide les siècles où la préparation des cuirs était encore dans l'enfance, et où, par conséquent, l'emploi des bottes à revers était généralement inconnu.

« Nous voici à Athènes, après Marathon et Salamine. Les flaneurs de l'Agora demandent :

— Qu'y a-t-il de nouveau ?

— Il y a de nouveau, répond une courtisane, la ceinture pendante et le front couronné de verveine, il y a de nouveau ce *chlamydion*, dont Périclès lui-même a dessiné le modèle, et qui va si bien à mes épaules.

« Le chlamydion des femmes grecques avait une parenté très proche avec la *chlaine*, autre étoffe plus légère et plus claire, qui servait également aux hommes.

« Une fois l'émigration grecque installée en Italie, les modes d'Athènes et d'Argos ne tardèrent point à revivre, la *chlamyde* devint l'habit militaire des patriciens, un manteau que les anciens retroussaient sur l'épaule droite.

« Les rêveries renouvelées d'Oreste et de Pylade ne datent pas de la parodie des tragédies de Racine. Lorsque Enée, chassé par le destin, débarqua au rivage de Lavinium, il avait précédemment sauvé du désastre de Troie, en l'emportant sur ses épaules son vieux père Anchise, qui, vu la précipitation et le désordre du départ, n'avait pas même eu le temps de passer une chemise.

« Consultez à ce sujet tous les bas-reliefs.

« Et c'est ici que j'attends les étymologistes, car je me suis confondu en recherches touchant la matière, et plutôt que de renoncer à suivre les phases diverses de la chemise, j'aurais vendu ma dernière amadis. — Or, les savans qui compilent des dictionnaires sont d'avis que notre mot français *chemise* dérive du substantif *camisia*, qui prit naissance dans la basse latinité.

« J'estime que c'est une erreur.

« Il n'est pas nécessaire de descendre jusqu'au cinquième et sixième siècle de l'ère chrétienne, de feuilleter saint Bernard ou Grégoire de Tours, d'appeler en témoignage Charlemagne et sa mère Berthe au grand pied, de s'appuyer de la littérature d'Alcuin, ou de violer le secret de la correspondance amoureuse d'Eginhard pour découvrir dans les premiers plis de la chemise le terme barbare *camisia*.

« Je ne vois pas que de *chlamyde* à *chemise* l'intervalle soit considérable, surtout si l'on veut bien tenir compte des dégâts que commettent en chemin les différences de prononciation et le passage d'un idiome à un autre.

« La chemise peut donc être considérée au double point de vue de la civilisation et de la corruption.

« La civilisation aura plus tard son tour.

« Parlons de la corruption.

« La chlamyde des grecs χλαμῦς, χλαμύδες, est, sans nul doute, l'aïeule de la chemise dont nous avons le bonheur de jouir. Si d'Alcibiade à Chodruc Duclos le mot ne s'est point transmis dans toute sa virginité primitive, en ce cas, comme en beaucoup d'autres, c'est le fait d'une tradition corrompue.

« Nous aurions tort d'en vouloir pour cela à la Grèce.

« D'une autre part, il n'est pas sans intérêt de remarquer que l'introduction de la chemise dans le costume, qui semblait devoir être le signal d'une ère nouvelle de propreté, — puisqu'elle substituait au contact de la laine, si rude au corps, celui d'un tissu plus approprié à notre blanc épiderme, — a été, au contraire, l'avénement de la malpropreté.

« Les Romains, qui n'avaient pas de chemise, se baignaient trois fois par jour ; — nous autres, qui en possédons, nous nous baignons le moins possible.

« Aux rives de l'antique Lutèce, les Thermes de l'empereur Julien ont été remplacés par les bains à quatre sous.

« Le bain à domicile est une occasion de laver le père, la mère et les trois enfans, y compris Azor et la vaisselle.

« A la vérité, nous avons eu des comédiennes qui ne portaient que des chemises de vingt-cinq louis, et prenaient des bains de lait : celles-là ont maintenant quarante-cinq ans, et font la lessive comme Cunégonde.

« Je demande à verser une larme.

« Le moyen-âge ne fut pas, que je sache, insensible aux charmes de la chemise : Esmeralda, la chevrière, la ballerine, en avait une d'une batiste très délicate, si j'en crois M. Victor Hugo et M. Steuben.

« Puis le linge tomba d'un extrême dans l'autre. D'abord on n'en avait pas assez ; on finit par en avoir trop. — La chemise fit violemment irruption au dehors sous la forme de colerettes, de crevées, de manchettes, de pélerines.

« Sous Marie de Médicis et Henri IV, les colerettes menaçaient le ciel avec leurs arrêtes d'acier et l'empoi de leurs guipures Sous Louis XIII et Richelieu, elles s'abattirent et cachèrent presque l'estomac, tandis qu'en Flandre les peintres prodiguaient la toile et les dentelles dans leurs portraits, et qu'en Espagne les étudians de Salamanque laissaient, ou peu s'en faut, leur linge flotter au vent.

« Anne d'Autriche poussait si loin la délicatesse à l'égard du linge que les chemises, même de la plus fine, de la plus douce batiste, lui étaient rudes au corps, ce qui fit dire à Mazarin, dans un accès de bonne ou de mauvaise humeur :

« — Le châtiment de madame la reine mère en purgatoire sera de coucher dans des draps de toile de Hollande.

« La mémoire de feu mon père, et l'amitié que lui avait vouée M. Diderot, m'obligent d'emprunter à l'*Encyclopédie ou Dictionnaire raisonné des sciences, des arts et des métiers*, par une société de gens de lettres — qu'il ne faut pas confondre avec la société du même nom, demeurant aujourd'hui rue de Provence, au septième étage, chez M. Pommier, son Figaro, — deux définitions qui complètent à merveille mon travail archéologique :

« CHEMISE est la partie de notre vête-
« ment qui touche immédiatement à la peau :
« elle est de toile plus ou moins fine, selon
« la condition des personnes. »

« Diderot ne parle que de la *toile*. Sous le règne de Louis XV, dit le *Bien-aimé*, on ne jouissait point encore des bienfaits du *madapolam*.

« JABOT. Élargissement qui se forme au
« bas de l'œsophage chez le pigeon, le hé-
« ron, le dindon...... »

« C'est sans doute à cause de ce rapprochement ingénieux que l'auteur de l'*Histoire naturelle*, M. de Buffon, avait un si grand faible pour les manchettes, en général, et en particulier, pour le jabot.

« J'y trouve la preuve que l'illustre naturaliste aimait à se pénétrer et à se parer de son sujet.

« De ce qui précède, il suit donc que la chemise est plus ancienne que le monde : si les anges n'en portent pas, c'est que là-haut le thermomètre centigrade de l'ingénieur Chevallier marque soixante-quinze degrés Réaumur.

« La tradition honnête de la feuille de vigne d'Eve s'est religieusement transmise jusqu'au Spartacus de M. Foyatier.

« Dans l'intervalle, le désagrément qu'éprouva le centaure Nessus en mettant la robe de Déjanire, est un symbole qui établit, de la façon la plus péremptoire, que tous les individus n'entrent pas dans la même chemise ; qu'ainsi il faut commander celle qu'on porte, et s'en faire prendre religieusement la mesure.

« A l'instar de l'avocat des *Plaideurs*, j'ai cité le soleil et la lune, — j'ai appelé en témoignage les Assyriens et les Mèdes, — les Babyloniens et leur *chlamydion*, qui se mettait sur la dernière tunique, enveloppait les épaules, et descendait jusqu'aux genoux, — les Égyptiennes, qui s'en paraient pour leurs cérémonies religieuses. — Après quoi j'ai tiré la ficelle, et la lanterne magique des siècles a offert les Grecs avec leur χλαμύς, — les Romains avec leur chlamyde, — autant de vêtemens qui n'étaient que des diminutifs ou des augmentatifs de la chemise.

« Plus tard, la persécution religieuse prit sur les épaules de Jérôme de Prague et de Jean Huss la mesure de la *chemise de soufre* que devait endosser après eux, pour monter au bûcher, le pauvre Hieronimo Savonarola, prouve que dès la première croisade, le substantif *chemise* faisait partie du langage et de la toilette européenne. — L'inquisition et ses auto-dafé consumèrent un nombre incalculable de *chemises ardentes*.

« Le mot était devenu populaire, — et, comme toujours, on en abusait. — Béatrix Cenci, la Brinvilliers, la Voisin, ne me démentiront pas.

« Après la suppression de la torture, la camisole, ou chemise de force, continua d'être fournie gratis aux condamnés à mort.

« Jusqu'en ces dernières années, les parricides marchaient en chemise à l'échafaud.

« Le surplus est connu de toutes les lingères, qui savent par cœur que les comtes féodaux faisaient amende honorable en chemise au portail des cathédrales, et que, sous les faciles règnes de Louis XIV et de Louis XV, plus d'un gentilhomme, battant en retraite devant un mari ou un père, fut surpris la nuit sur les gouttières, en ce costume badin, — ce qui se verrait encore aujourd'hui, si nos maisons avaient des gouttières.

« Un homme de génie, qui n'était pas maître des requêtes, a dit :

> Loin d'épuiser une matière,
> On n'en doit prendre que la fleur.

« J'ai cueilli la fleur de la chemise, — et pris les choses de très haut.

« Il serait imprudent de descendre plus bas. »

V.

Simple Lettre.

Une lettre d'envoi servait d'épilogue au manuscrit de M. Greluchet ; elle était ainsi conçue :

DU MÊME AU MÊME.

Paris, 18 janvier 1844.

Le Mémoire ci-contre, que j'ai l'honneur de vous adresser, Monsieur, après l'avoir soumis à l'examen de trois éminens personnages, le directeur des messageries, le substitut du procureur du roi et le rédacteur en chef des *Petites-Affiches* de Nogent-sur-Vernisson, qui y ont reconnu des aperçus ingénieux et des beautés de premier ordre, — ce Mémoire, je ne vous le dissimulerai pas, était destiné à l'Institut, section des sciences morales et politiques.

Ma portière, que je consulte quelquefois parce que c'est une femme de sens, qui a long-temps parcouru le monde, m'a fait observer que le seul avantage que ma dédicace à l'Institut me procurerait, si j'en retirais un, serait une mention au procès-verbal, ou bien un compte-rendu dans le feuilleton des journaux graves qu'on ne lit jamais ce jour-là; ou bien encore — comble d'honneur! — une poignée de main de M. Raoul-Rochette, dit Raoul-*Brochette*, à cause de ses nombreuses croix. — Cette monnaie de savant fait vivre dans l'avenir, mais dans le présent, on en meurt de faim.

J'ai donc pensé, Monsieur, que mon Mémoire serait beaucoup mieux entre vos mains que dans les cartons de l'Académie.

Si, d'aventure, vous partagiez l'opinion du directeur des messageries, du substitut et du rédacteur en chef de ma sous-préfecture, obligez-moi de m'en témoigner votre enthousiasme par le don d'une douzaine de chemises, de trois gilets de flanelle rose, et quatre caleçons qui compléteront ma demi-douzaine; — il m'en reste encore deux mauvais.

Je me prosterne devant vos ciseaux, Monsieur, et je baise le pan de votre chemise.

Isidore GRELUCHET,
Membre de plusieurs Sociétés savantes,
cul-de-sac du Bon-Puits.

VI.

Frétillon.

Santeuil qui avait la passion des vers, —vers latins et verres à boire,— qui trouvait ses hymnes sublimes, comme Panard ses gaudrioles, — au fond des brocs, et dont on pouvait jadis acheter le portrait sur le Pont-Neuf, avec ce quatrain, qui équivalait à une biographie :

Quand Santeuil le Victorin
N'avait plus de vin du Rhin,

Il sevrait de ses louange
Dieu, la Vierge et tous les Anges.

Santeuil, le joyeux moine de l'abbaye de Saint-Victor, s'est rendu coupable d'un distique que je ne lui pardonnerai jamais.

Ce distique, qui sert de légende à la fontaine Sainte-Geneviève, exprime la pensée que, tandis que les nymphes de la Seine descendent vers la ville, l'une d'elles s'arrête à moitié chemin — *vallis amore sedet* — par amour pour la vallée. — La belle vallée, en effet, que celle par où passent la charrette des hospices et le tombereau des suppliciés! La belle vallée que celle qui, au lieu de verdure, voit ses deux versans couverts de rues étroites, de tristes maisons et de carrefours équivoques!

Dans ce dédale de ruelles qui montent et qui s'abaissent, de l'autre côté du Panthéon, plus bas que la rue Saint-Victor, et aboutissant à la rue Mouffetard qui va en zig-zag comme un homme ivre, est situé le cul-de-sac du Bon-Puits. Il n'y a pas un cocher de cabriolet, — et je parle des plus habiles, — qui soit capable de vous y conduire du premier coup.

Le cul-de-sac du Bon-Puits est le critérium du quartier Saint-Marceau : c'est moins grand, mais c'est aussi sale que la cour des Miracles de Pierre Gringoire. — Le pavé qui y mène n'a de nom dans aucune langue, et les trous qui servent de croisées à ses chétives demeures ne sont parées, en fait de rideaux, que de guenilles qui sèchent pendant douze mois, de buissons de géranium dans des marmites, et de bas dépareillés qui dansent sur la corde.

Au bout de trois heures de recherches, je mis pied à terre dans le cul-de-sac du Bon-Puits. — M. Greluchet avait reçu ses chemises et ses quatre caleçons; je lui devais, en outre, une visite de remercîment.

Quoique M. Greluchet eût omis de m'indiquer son numéro, il ne me fut pas difficile de le trouver. Sa portière était citée avec éloge dans son Mémoire. Or, le cul-de-sac du Bon-Puits ne compte qu'une portière. Et à la première demande que je formulai, dix voix glapissantes de femmes et de gamins me répondirent en indiquant du doigt.

— C'est là!

Une allée humide et sombre menait à un escalier de bois dont les premières marches disloquées servaient de péristyle à la loge. — Je tirai la bobinette grasse.

— M. Greluchet!

— Il n'y est pas, — répondit, en levant la tête et sur un ton de fausset nasillard

qui me rappela Déjazet, une petite vieille d'ailleurs fort avenante.

A ce moment le soleil égara dans la loge un de ses pâles rayons de février, et cette illumination soudaine donna je ne sais quelle poésie mystérieuse et vague à la misère qui remplissait ce lieu. — C'était la pauvreté, sans doute, mais une pauvreté à demi parée des souvenirs d'un temps meilleur.

Aux murs humides pendaient accrochés sans ordre des emblèmes, des médaillons de plâtre, des lithographies. Un portrait grossièrement gravé s'était enfumé entre quatre épingles, comme un scarabée piqué par son corselet dans le casier d'un naturaliste.

— C'est un de vos ancêtres, dis-je en riant?

— Non! répondit la portière d'un ton grave! c'est, comme moi, un enfant du quartier. A ce costume de républicain, ne reconnaissez-vous pas le général Marceau, qui vit le jour dans une mansarde de la rue Mouffetard. ..

— ... Et qui eut l'honneur insigne, à son

retour des campagnes d'Égypte et d'Italie, de donner son nom au faubourg.

Ainsi, jadis, on récompensait les vainqueurs de Marathon.

Je continuai mon voyage autour du galetas, et quelle ne fut pas ma surprise en découvrant dans la pénombre d'un vieux panneau trois aquarelles dont le dessin et la couleur rappelaient vaguement l'école de Girodet ou du baron Gérard.

La première représentait une silhouette de jeune fille fraîche, accorte, la taille souple, l'œil noir, le corsage flottant et court-vêtue. Au-dessous, on lisait ce couplet populaire :

Francs amis des bonnes filles,
Vous connaissez Frétillon.
Ses charmes aux plus gentilles
Ont fait baisser pavillon.
Ma Frétillon,

Cette fille
Qui frétille
N'a pourtant qu'un cotillon.

A côté, ce même minois souriant se

montrait au châssis d'une mansarde tapissée de pois de senteur et de gobéas, dans une toilette tout-à-fait matinale, simple appareil que la muse du chaste Racine ne craignit pas d'entrevoir et qui se trouve décrit en ces versiculets :

En chemise, à la croisée,
Il lui faut tendre ses lacs;
A travers la toile usée,
Amour lorgne ses appas.
Ma Frétillon,
Cette fille
Qui frétille
Est si bien sans cotillon.

Et vraiment le peintre avait traduit en éblouissantes couleurs la pensée du poète.

Au-dessous se développait la dernière scène de ce petit drame : Frétillon, pâle, amaigrie, couverte de misérables guenilles, grelottait contre une borne, éclaboussée par ses anciens amans, qui ne lui faisaient pas même l'aumône d'un regard.

Tandis que je rêvais, la vieille chanta d'une voix chevrotante, comme la grand'-mère des *Souvenirs du peuple*, le dernier couplet, que je ne pouvais lire, car ses larmes, depuis vingt ans, l'avaient presque effacé :

Seigneurs, banquiers et notaires
La feront encor briller ;
Puis encor des mousquetaires
Viendront la déshabiller.
Ma Frétillon,
Cette fille,
Qui frétille,
Mourra sans un cotillon.

Je l'avais regardée avec plus d'attention pendant qu'elle chantait, et à travers les rides, les cheveux blancs, les traces de la désillusion, les ravages de la souffrance, j'avais reconnu la jeune fille des aquarelles.

Frétillon était devant moi.

— Oui, me dit-elle, oui, je suis bien Frétillon, Frétillon que l'on recherchait, que l'on vantait, il y a vingt-cinq ans. L'abbé de Montesquiou m'honora de ses galanteries; je reçus des madrigaux du duc de Lévis; j'étais au comble de la fortune et des amours sous le long ministère de M. de Villèle.

— Pardieu! lui dis-je, vous savez votre histoire de la Restauration mieux qu'un nommé Capefigue, qui ne l'a pas faite.

La Frétillon édentée continua.

— J'ai là un tiroir plein de morceaux de papiers où sont écrits des romances, des quatrains, des vers de toutes sortes que m'adressaient ces Messieurs du Caveau. Ils sont morts. Pourquoi n'ai-je pas fait comme eux? La chanson aurait eu raison jusqu'au bout.

J'interrompis la vieille pour lui demander à quel propos notre grand chansonnier l'avait immortalisé dans ses couplets.

Elle me répondit :

— M. Béranger me connut pendant un entr'acte de ma fortune à un petit souper de carbonari. Je venais de perdre les faveurs d'un procureur-général ; six semaines après j'étais consolée par les assiduités délicates d'un porte-étendard de la compagnie de Luxembourg. Quels beaux hommes que ces gardes-du-corps, monsieur ! Je hausse les épaules toutes les fois que l'on vante devant moi la trente-deuxième demi-brigade.

Frétillon huma une longue prise de tabac qu'elle avait extraite d'une ex-boîte de cirage.

— Puis, ajouta-t-elle, de procureurs en gardes-du-corps, de gardes-du-corps en gardes champêtres, je descendis rapidement les degrés de la mystérieuse échelle qui conduit, sans qu'on y prenne garde, de la richesse à la misère. Dans cette longue campagne de la vie, où l'on perd tant de batailles, partie lingère, de grade en grade j'étais arrivée, ou peu s'en fallait, au rang de grande dame. Vous voyez comment je suis revenue : concierge ! et grâce encore à l'homme que j'avais le plus trahi autrefois.

La longueur de cette histoire m'avait forcé de prendre un siége : le seul qui fut à ma disposition était un méchant escabeau dont la troisième jambe était boiteuse. Je n'en avais pas moins remarqué au langage fleuri de Frétillon, qu'au lieu de raccommoder des bas elle aurait pu composer des romans aussi bien que bon nombre de ces dames qui ne sont pas concierges. Frétillon venait de dire qu'elle avait été lingère, ce détail touchait trop à ma spécialité pour que j'y restasse insensible.

— En quel endroit de Paris, lui demandai-je, avez-vous exercé cette profession blanche qui convient si bien à l'innocence?

— Au passage des Panoramas. Alors, monsieur, il avait la vogue ; les deux ou trois plus grandes fortunes du commerce parisien ont commencé et se sont arrondies dans ce lieu, qui était loin d'avoir sa régularité, sa splendeur, sa richesse d'aujourd'hui. Notre métier aussi ne frisait pas tant l'opulence ; la confection de jupons, de camisoles, de bonnets du matin et de colerettes montantes, occupait presque exclusivement nos aiguilles. On citait comme un miracle les quelques aunes de dentelles que nous faisait chiffonner notre plus célèbre pratique madame la baronne Du Cayla.

— Et les chemises, demandai-je avec

un intérêt marqué, ne vous en occupiez-vous pas?

— Certainement, mais c'était là le plus aisé de notre besogne: les chemises d'hommes surtout, et nous eussions renoncé à l'état s'il eût fallu multiplier les points, les pièces, les coutures comme à présent. Ne m'en parlez pas, monsieur, pour être lingère aujourd'hui il faut savoir ajuster un pantalon et couper une redingote. Dès qu'il s'agit de réunir ensemble deux ou trois morceaux de toile, il faut être de la force d'un tailleur.

— En effet, il ne manque plus aux lingères, pour compléter ce tableau, que de monter sur un établi, et de se croiser les jambes.

— Comme vous le dites, monsieur, et voilà ce que ne veut pas comprendre mon locataire du septième, ce diable de M. Greluchet, dont vous parliez tout-à-l'heure, et à qui un fort galant homme, ma foi, a envoyé dernièrement des chemises, des caleçons et des gilets de flanelle pour le reste de ses jours.

Le compliment de la portière chatouilla mon amour-propre; j'avais voulu, à l'exemple d'Almaviva, goûter les délices d'être estimé pour moi-même et non pour ma marchandise. Le ciel exauçait mes vœux, je déchirai le voile de l'incognito.

La vieille, rendue plus communicative par la délicatesse de mes procédés, m'apprit que M. Greluchet était absent, non pour cause de promenade au Jardin-des-Plantes, mais pour recueillir un héritage qui lui était survenu à l'improviste en sa chère patrie de Nogent-sur-Vernisson. Mes gilets de flanelle rose qu'il avait reçus le matin de son départ avaient dû particulièrement charmer les ennuis du voyage.

Lorsque les vieux partent, ne sait quand reviendront. On pouvait très bien retenir M. Greluchet à Nogent-sur-Vernisson par l'une ou l'autre de ces flagorneries anodines qui séduisent les savans : l'érection de son buste sur la promenade publique ou un bureau de tabac, et son mémoire à l'Institut n'était que la première partie du monument national et littéraire que j'avais conçu le projet d'élever à la chemise.

Frétillon vint encore une fois à mon aide : familiarisée avec ces sortes de choses par les habitudes de son ancien état, elle avait souvent entendu M. Greluchet parler de chemises et de vieux camarades qu'il avait aux environs des Champs-Élysées, lesquels, à son dire, étaient fort aptes en la matière. Elle acheva de rassembler ses souvenirs tandis que je prodiguais les plus tendres caresses à son chat. Les renseignemens qu'elle me donna étaient d'une précision rare et je m'empressai de prendre les noms et les adresses.

Ainsi, grâce à Frétillon, j'avais atteint le but de mon voyage scientifique au faubourg Saint-Marceau.

Durant notre dialogue, le soleil s'était voilé sous des brouillards neigeux, le poêle était éteint, la chauffrette de Frétillon exhalait une odeur qui trahissait la présence d'un corps hétéroclite au milieu de ses braises. La place n'était plus tenable.

Je saluai mon hôtesse avec la vénération que l'on doit aux grandeurs déchues. Me voyant prêt à partir, elle reprit sa romance favorite :

En chemise, à la croisée,
Il lui faut tendre ses lacs.

qui n'était guère de circonstance, vu le mois de février et l'âge de la cantatrice.

L'honneur de la lingerie, en général et en particulier des chemises, ne me permettaient pas de quitter le cul-de-sac du Bon-Puits sans y laisser des marques de ma munificence.

Quelques heures auparavant, j'avais touché, chez un très riche hidalgo, un à-compte sur une note de mille écus.

Je glissai cet à-compte dans la main décharnée de Frétillon.

C'était un rouleau de pièces de six liards.

VII.

La Demoiselle de magasin.

Beaucoup d'histoires véritables commencent comme les romans finissent. — Le vrai seul est aimable. — Dans les *Mystères* de M. Sue, que la province a la bonté de prendre pour les *Mystères de Paris*, on voit la pauvre Fleur-de-Marie poitrinaire et vertueuse, qui se coiffe du voile à l'abbaye de Gérolstein, ce qui transforme les yeux de toutes les blanchisseuses en autant de bornes-fontaines jaillissantes.

Cécile était entrée dans le monde par la porte du cloître, et sous la guimpe, ses yeux noirs reluisaient comme deux escarboucles. — Un jour que j'étais allé au Sacré-Cœur pour porter des chemises à faire, je la vis passer derrière la grille ; les nonnes du quatrième acte de *Robert-le-Diable* n'ont pas une prestance plus aérienne; et je ne sais de comparable à la taille de Cécile que celle de mademoiselle Lola Montez.

Quand je retournai au couvent, il me parut que mes chemises étaient mieux cousues que de coutume. Cécile y avait mis la main. Ce début trahissait une vocation décidée pour le commerce ; et, comme on peut travailler à son salut dans toutes les carrières, dit l'Évangile, je n'hésitai point à proposer à la novice d'abandonner le faubourg Saint-Germain pour la rue Neuve-Vivienne, de déserter le confessionnal pour le comptoir.

Huit jours après Cécile était ma première demoiselle de magasin.

Le pélerinage au cul-de-sac du Bon-Puits avait été un événement. — Il importait d'achever l'œuvre entreprise, et nulle mieux que Cécile ne pouvait mener les choses à bout. Suivant ce que m'avait dit Frétillon, il ne s'agissait que d'aller trouver à Sainte-Perrine un vert-galant d'autrefois, nommé Châteauneuf. Ce Châteauneuf, qui avait joué aux barres et au cheval-fondu avec le jeune Isidore Grelu-chet vers l'an 1768, était un conteur intrépide, une encyclopédie octogénaire, un bouquin vivant à consulter.

A quatre-vingts ans on aime plus que jamais les rayons du soleil et les sourires de jeunes filles, — bienfaits de Dieu qui réchauffent le cœur, — et ma demoiselle de magasin n'avait à craindre du père Châteauneuf que des complimens.

Cécile mit sa plus belle robe et son chapeau de velours grenat, après quoi, munie de ma bénédiction, elle prit son vol vers un omnibus qui l'emmena clopin-clopant à Chaillot, — terre promise des blanchisseuses qui, sans les chemises, n'auraient pas d'eau à boire.

VIII.

A Sainte-Perrine.

Est-ce un hospice ou une maison de santé que Sainte-Perrine? Maison de santé ou hospice, le nom ne fait rien à la chose, l'apparence est la même, ou peu s'en faut.

Ce sont toujours des murs noircis qui se lézardent, de grandes salles, des serviteurs qui vont et viennent, et ne sont les domestiques de personne. — Après cela, payez pour être admis ou ne payez pas, soyez dans l'obligation de vous fournir vos foulards et votre couvert d'argent, ou bien acceptez le bonnet de laine et la fourchette en maillechor de la maison commune, votre position ne sera guère meilleure ; vous n'en serez pas moins parqué comme un soldat dans sa caserne, comme un moine dans son cloître, à cette différence près, que Sainte-Perrine, où l'on paie pour être reçu, est pis qu'une maison de santé, pis qu'une infirmerie : vieillard ou malade, on y entre non pour guérir, mais pour mourir.

On n'en sort que les pieds par-devant.

Cécile, qui n'y devait pas rester, voltigeait le long des allées de tilleuls couverts de givre et des plates-bandes sans verdure, comme un oiseau échappé de sa cage, rencontrant çà et là sur son chemin des vieillards courbés en deux, qui grelottaient dans le carrick de leur opulence et de leur jeunesse d'autrefois.

Les indications de la portière du quartier Mouffetard étaient si précises, que Cécile arriva au troisième étage et au numéro 19, sans avoir interrogé personne. — Elle frappa deux petits coups à la porte.

— M. Châteauneuf!... demanda-t-elle de sa plus douce voix.

— Il est mort depuis six semaines, répondit, comme si c'eût été la chose la plus naturelle du monde, le Monsieur chauve et orné de chaussons de lisière qui était venu ouvrir.

Le Monsieur chauve contemplait Cécile avec le ravissement que les Saintes-Écritures prêtent au pieux roi David, lorgnant la Betzhabée—sans chemise — par le trou d'une serrure. C'était lui qui avait succédé au père Châteauneuf dans sa modeste

chambre. Le défunt l'avait institué son légataire universel. Le legs consistait en une tabatière de buis, quelques paperasses et les chaussons de lisière, dits de Strasbourg, qui lui tenaient les pieds chauds.

Tout Paris a connu le père Châteauneuf, un petit vieillard sec et jaune qui ne reculait jamais devant un verre de champagne, soutenait à tout venant ce paradoxe, que le cœur ne vieillit pas, et se serait, si on l'eût laissé faire, travesti en Anacréon, et couronné de roses, malgré ses quatre-vingts printemps.

Châteauneuf était auteur d'un ouvrage ayant pour titre : *Vies des grands capitaines* ; la famille d'Orléans n'y était pas oubliée : le roi s'en souvint, et sa liste civile paya jusqu'à la dernière heure la pension du biographe à Sainte-Perrine.

Sur les instances de Cécile, qui avait relevé son voile, le Monsieur chauve se comprima le nez dans une paire de besicles rondes, et chercha parmi les brouillons du défunt les documens précieux qu'on demandait.

Après des fouilles persévérantes, il mit la main sur un gros cahier illustré, presque à chaque page, de pâtés d'encre ou de taches d'huile, et qui paraissait être le journal du père Châteauneuf, une sorte de mémento de sa vie intime, sur lequel il inscrivait dans un frivole désordre ses pensées du jour ou ses souvenirs de jadis.

Ma demoiselle de magasin sauta de joie.

— Permettez-moi, dit alors le Monsieur chauve, remettant le paquet à Cécile, de baiser votre jolie main à deux genoux.

— Baiser ma main! — oui, répliqua la maligne ambassadrice, mais à deux genoux, — non!

— Pourquoi, chère enfant, me refuser la grâce de m'agenouiller devant vos charmes?

— Parce que, — grand-papa, — vous ne pourriez plus vous relever.

IX.

Aux Lectrices.

L'omnibus de Chaillot ne se fit-il pas trop attendre ? — Le Monsieur chauve que nous avons laissé à genoux parvint-il à se redresser sur ses jambes ? — Cécile rentra-t-elle au magasin en bon état ?

Ces questions, et beaucoup d'autres qui obstrueraient inutilement le cours du drame, importent peu aux lectrices.

Le public aujourd'hui, lisant très vite, n'a

pas le temps d'attendre, et d'ailleurs ces grossières ficelles de la suspension d'intérêt, volées à Ducray Duminil et à Victor Ducange, sont bonnes peut-être pour le feuilleton contemporain, mais elles sont indignes, à coup sûr d'un livre aussi sérieux que celui-ci.

Au point où nous sommes, la progression du récit ne réclame qu'une chose : la communication des galantes archives recueillies par Cécile à Sainte-Perrine, sous la responsabilité du Monsieur aux chaussons de lisière.

Je livre donc à mes concitoyens de l'un et de l'autre sexe ces feuillets parfumés d'ambre et de tabac d'Espagne.

X.

Cy commencent les dicts et joyeusetés du père Châteauneuf.

On m'a assuré que je figurais dans un vaudeville nouveau, *la Famille improvisée*, vêtu d'une culotte et de bas de soie noire, enveloppé dans une pelisse puce, et sous le pseudonyme de Coquerel. Loin que cette charge de mon individu me soit désagréable, j'en remercie l'auteur, d'autant plus que, parlant de ma jeunesse, c'est-à-dire de mes fortunes d'autrefois, il me fait dire que j'étais *très bien sous le linge blanc*.

Je ne désavoue pas ce mot, non plus que les nombreuses perfidies des comédiennes, qui me lâchèrent après avoir dévoré mes rentes, me laissant en souvenir d'elles un camée ou une alliance de vingt-cinq sous.

C'était le bon temps.

Les filles de théâtre, que Monseigneur de Paris qualifiait d'*impures* à l'époque du *Tarrare* de Beaumarchais, étaient bien, je le déclare, les plus séduisantes créatures du monde — et les plus proprettes.

Les loges de la Comédie Française se partageaient avec le foyer de l'Opéra le privilége des bonnes manières. On ne traitait pas ces dames, ces dames vous conviaient à leur table. Et quels soupers ! La déesse du lieu, ivre encore des bravos du parterre, s'étendait sur son sopha, enveloppée comme dans un nuage en des flots de transparente mousseline. Le maître d'hôtel faisait le reste.—Les fermiers généraux ou les grands seigneurs se ruinaient à ce jeu. — Les mousquetaires en étaient quitte pour un duel entre deux lanternes.—On donnait quittance aux poètes moyennant un madrigal ou un beau rôle.

Dans quel ciel vous retrouvera-t-on, charmantes ombres de Devienne, de Comtat, de Guimard? rêves envolés de ma jeunesse!

Que de fois nous en parlâmes avec ce beau chevalier X. Vous l'avez connu.

Le chevalier X. avait vu naître Voltaire sous les ombrages de Châtenay. Louis XV n'eut pas de plus joli page. Malheureusement les amours que tant d'autres lui enviaient ne l'enrichirent pas; de maîtresses en amis, de camarades en courtisanes, suivant les sentiers fleuris de l'existence, cueillant à chaque pas un bouton de rose ou une branche de jasmin, il avait égaré les trois quarts de son patrimoine dans les oubliettes amoureuses du pavillon de Fronzac.

Pauvre Fronzac ! il était bossu, quoique cadet de Richelieu, ce qui lui avait fait dire un jour, rencontrant dans le Palais-Royal un superbe chasseur de bonne maison :

— Les malotrus ! voilà comment nous les faisons. . . . .

Puis montrant sa bosse à une duchesse qui passait :

— Et voilà comment ils nous rendent !

Le chevalier X. ne jouissait d'aucune gibbosité, tant s'en faut ; même l'esprit lui était venu par forme de consolation, en sens inverse de la richesse. Personne n'était plus assidu que lui au foyer de la danse à l'Opéra. Chaque jour on l'y retrouvait, le dos au feu, le ventre aux danseuses, racontant quelques prouesses de ses vingt

ans. — Un soir, plus gai encore que de

coutume, et poussé à bout par un groupe de naïades et de néréides :

— Mes petits anges, leur dit-il, j'ai cessé d'être jeune, je ne suis plus riche, mais souvenez-vous, quoi qu'il arrive, que j'ai toujours chez moi un peignoir de fine batiste comme ceux que portait la Guimard, et dix pistoles au service de vos minois.

—Un peignoir, fi donc !

— Dix pistoles ! pourquoi pas l'aumône ? répondaient en chœur ces demoiselles indignées.

— Paix ! paix ! mes déesses, continuait, le sourire sur les lèvres, le chevalier X ; — Il y a toujours une heure dans son existence où une femme a besoin de dix pistoles et d'un peignoir, — et je suis chez moi jusqu'à midi.

Le chevalier X. était un profond philosophe !

Six mois après, toutes ces dames portaient des peignoirs à la mode de Guimard.

XI.

Cy continuent les dicts et joyeusetés du père Châteauneuf.

Hélas ! hélas ! le tiers-état intervint avec ses habits de ratine, et la république mit tout à l'envers. Cette fatale anglomanie, qui s'était glissée dans les mœurs dès le règne de Louis XVI, fauchait d'une main ardente les falbalas, les paniers, les mouches de Marie-Antoinette, et jusqu'aux culottes de Mirabeau. La philosophie avait tout gâté.

On ne croyait plus à Dieu.

On ne croyait plus à ce qu'on avait honoré,

adulé si long-temps, l'*habit à la Française!*

Après les jansénistes de Molinara et les jésuites de Voltaire, on eut la secte des *incroyables*. Nous étions en plein Directoire; et il n'est pas que vous ne puissiez découvrir chez quelques marchands d'estampes de la rue Guénégaud les gravures de modes de Carle Vernet: elles se composent invariablement d'un habit très court de taille avec des basques prodigieuses qui reçurent l'agréable dénomination de queue de morue, *desinent in piscem*. Le gilet, ayant été droit jusque-là, fut pourvu de revers énormes; Robespierre contribua plus que personne à la propagande de cette utopie. Les fermiers-généraux du défunt règne se serraient le cou dans de minces plis de batiste qui se perdaient au milieu des dentelles. On imagina la cravate-monstre engloutissant le menton la bouche, les dix-neuf vingtièmes du nez, laquelle cravate Robert-Macaire devait illustrer plus tard.

Ils étaient loin ces jours de gloire où une compagnie des gardes du roi recevait le nom de *royal-cravate !*

Quant à la chemise, ce fut l'apogée du cynisme : le col, précédemment inconnu, déploya en avant ses formidables pointes, pareilles aux défenses d'un cachalot, tandis que, par derrière, il enterrait la nuque, et que de babord et de tribord il guillotinait les oreilles.

Vu de profil, un *incroyable* de Carle Vernet reproduisait assez délicatement la silhouette d'un crocodile.

Madame de Genlis poussa les hauts cris, et il y avait de quoi. Dans sa jeunesse elle n'avait pas toujours eu à se louer des hommes; sur ses vieux jours, le comble fut mis à son désespoir par l'avénement des bretelles.

Les épaules larges disparurent de la circulation.

Que voulez-vous? l'uniforme anglais avait le dessus. La grande débâcle de la royauté était consommée, et, au bal des victimes, à l'hôtel d'Ogny, il n'y avait plus, hélas! ni habits droits, ni culottes : il y avait des queues de morues et des pantalons dissimulant tant bien que mal les genoux cagneux de la génération nouvelle. A vrai dire, les chemises ne florissaient guère. La chemise du Directoire et du Consulat était un vaste faux col.

Nous étions sous l'Empire. Tout d'un coup une nouvelle piquante se répandit dans le public. Madame Putiphar était revenue au monde rue du Mont-Blanc.

Un matin, elle avait attiré dans sa chambre à coucher un candide jeune homme sous le fallacieux prétexte de lui offrir une tasse de chocolat, mais, en réalité, pour le séduire au moyen d'une chemise très transparente qui trahissait ses charmes au milieu de la brocatelle et des franges de soie d'une

alcôve arrosée d'ambre. — Il ne s'agissait que d'obtenir de ce Joseph naïf, mais habile à imiter les écritures, un faux qui procurât à madame Putiphar la légitime possession d'un patrimoine de cinq à six cent mille livres.

Le jeune homme prit la fuite, oubliant sa tasse de chocolat. Le gendarme la but en manière de pièce à conviction.

Le valet de chambre de madame Putiphar forcé d'intervenir au procès, réclama vingt mille francs qu'il avait laissé produire des intérêts dans la caisse de son maître. Le mari refusa, disant que son valet de chambre ne gagnait que cinquante louis de gage, et n'avait pu, depuis neuf ans qu'il était à son service, économiser pareille somme. Bon gré malgré il fallut venir aux preuves, et le discret serviteur fut obligé d'énumérer au tribunal les différentes campagnes qu'il avait faite dans l'escalier de madame Putiphar, en toutes saisons, à toutes les heures de la nuit, veillant en chemise pour ouvrir ou fermer la porte-cochère à tous les grands généraux, à tous les beaux hommes des guerres d'Espagne ou du Tyrol, tantôt au roi de Naples, tantôt au duc d'Abrantès, qui reconnaissaient ces prévenances par des pourboire royaux.

Un arrêt du tribunal réintégra le drôle dans la possession d'une fortune si laborieusement acquise ; et ce pauvre M. Putiphar fut en outre condamné aux frais.

La Restauration allongea les pans des chemises et diminua la longueur des cols. Pendant une légère indisposition que j'avais contractée au Rocher-de-Cancale, en la compagnie de Boursault, du marquis de Cussy et de M. Romieu, je chargeai une garde-malade du soin de me sauver la vie.

Annette a, depuis trente ans, élu domicile dans l'île Saint-Louis avec un griffon et un sansonnet : l'un et l'autre ont déjà été renouvelés sept fois par suite d'extinctions. Ce sont les seules morts qui aient coûté des pleurs aux yeux, depuis long-temps arides, de la vieille Annette. — Si l'illustration mythologique était à la mode, je ferais d'Annette une des trois Parques : — celle qui tient les ciseaux et qui coupe le fil, — car le fil et les ciseaux ne lui sont pas inconnus.

A une époque où, suivant toute probabilité, le typhus et les fluxions de poitrine donnaient moins qu'aujourd'hui, Annette avait déserté le chevet des agonisans pour la couture, et utilisait ses loisirs en de chastes ouvrages de lingère ; elle travaillait pour la lingerie du roi, située alors porte Saint-Jacques, où l'a depuis remplacée la guillotine.

J'aimais mieux l'autre.

En 1823, Annette jouissait d'une haute réputation dans son art. On composa exprès pour ses charmes les vers fameux tant chantés par les orgues de Barbarie :

Depuis long-temps, gentille Annette,
Tu ne viens plus sous la coudrette. . .

Elle ne venait plus sous la coudrette, parce qu'elle jouissait de l'insigne honneur de confectionner des chemises en toile de Frise pour le roi Louis XVIII.

La façon était payée quatre francs, c'est-à-dire à-peu-près la moitié de ce qu'elle coûte à l'heure présente, non pour des chemises de monarque, mais pour de simples chemises de vaudevilliste.

Cette dernière réflexion tarit l'encre dans mon écritoire. Pour peu que cela dure, les chemises se vendront si cher, qu'on ne pourra plus payer son tailleur ; le prix de ce vêtement indispensable ne permettra point d'acheter d'autres vêtemens non moins indispensables, au point de vue du climat et des mœurs.

Les bourgeois et les bourgeoises du XIXe siècle en seront bientôt réduits à courir les rues en chemise.

XII.

Conversation flatteuse.

Un bruyant coup de sonnette coupa court aux réflexions que faisaient surgir en foule dans mon esprit *les dicts et joyeusetés du père Châteauneuf.*

— Qui est là? demandai-je.

— M. Isidore Greluchet, répondit une voix du dehors.

— Entrez, je suis couvert, répliquai-je à cette parole amie.

J'achevais de passer une chemise.

M. Greluchet voulait me sauter au cou;

ce dont je le dispensai, en le suppliant de prendre un fauteuil.

La conversation, ainsi que cela arrive presque toujours entre gens qui se contemplent pour la première fois, effleura beaucoup de choses et ne s'arrêta sur rien.

On parla de gilet de flanelles roses et de la Sologne; de caleçons et de la croix d'honneur qui avait été accordée à M. Greluchet pour avoir habité, pendant trente-cinq ans, la cité hospitalière de Nogent-sur-Vernisson. — Le membre de plusieurs sociétés savantes, raconta les chances heureuses de son double voyage, et comme quoi la rotonde de la diligence Laffitte-Caillard lui avait offert pour l'allée la compagnie de trois marchands de bœufs et d'un hydropique, et pour le retour la société délicieuse de quatre nourrices ornées de leurs poupons.

Puis, le dialogue prit une tournure plus sérieuse qui fut amenée par les soins assidus que M. Greluchet daignait accorder aux manches et à la devanture de sa chemise.

— Imaginez, me dit alors le vieux archéologue, que l'illustration de vos chemises m'est venue trouver jusqu'au fond de la province. Le nom de Longueville n'est pas moins connu par là que rue Neuve-Vivienne. Vous êtes redevable de cette popularité aux jeunes conjoints qui, après leurs noces, font le voyage de Paris afin de s'y approvisionner de linge pour eux et leur progéniture en expectative.

— Le mariage est bon à quelque chose.

— Croiriez-vous bien, monsieur, que j'ai rencontré à Nogent-sur-Vernisson un jeune élève de l'école des chartes qui m'a paru initié d'une façon merveilleuse aux mystères de votre spécialité. Il parle de vos succès mieux que s'il était votre parent, et de votre magasin comme s'il l'avait habité depuis qu'il est au monde.

— Vous excitez en moi, lui dis-je, un piquant intérêt.

— Cet élève de l'école des chartes, que je ne connais que sous le nom de baptême de Polycarpe, est d'une érudition véritablement académique à l'égard des chemises, sur lesquelles je l'ai toujours ramené, et pour cause, dans nos divers entretiens.

J'ai su d'abord par lui que, jusque vers la fin de la Restauration les chemises se taillaient invariablement sur trois modèles de capacité graduée, hors desquelles il n'y avait ni linge ni salut. — L'art du bottier resta long-temps dans cette enfance; les chaussures se coupaient sur trois points de semelle. De là, la multitude de cors, durillons, œils de perdrix qui embellissent les pieds de la génération présente.

Après 1830, la *chemise à pièce* fut inventée par vous; mais, à vrai dire, je ne comprends pas trop ce que c'est qu'une pareille chemise. J'avais eu jusqu'à présent la simplicité de croire que les chemises étaient formés de pièces et de morceaux.

— L'explication est facile, monsieur Greluchet; la *pièce* en question est une bande de toile destinée à ajuster le col au corps de la chemise; on la plaça d'abord par devant, mais la régularité des plis en souffrait, et puis on avait l'air de porter une chemise fabriquée chez la ravaudeuse. Je transportai la pièce par derrière, et ses résultats dans l'ordre social ont été prodigieux.

— Il est donc bien vrai, interrompit M. Greluchet que la paix européenne compromise, après les mémorables journées de juillet, n'a tenu qu'à la *chemise à pièce* dont le retentissement coupa court aux préoccupations belliqueuses des Brutus de faubourgs et des généraux de cabaret.

— Comme vous le dites.

— Alors, monsieur Longueville, soyez béni. Tôt ou tard l'Institut vous décernera ses palmes vertes, car c'est encore à vous que la langue française est redevable d'un nouveau mot. — Vous avez enrichi le *Dictionnaire de l'Académie* d'un délicieux adjectif : **Chemisier**. — Dites-moi combien nous comptons d'écrivains qui aient inventé seulement la moitié d'un mot ; en revanche, ils en ont corrompu beaucoup.

— Vous me confusionnez, M. Greluchet.

— Monsieur Longueville, je vous canonise, fit M. Greluchet, en imposant gravement les mains.

Il continua.

— Ce qu'on aime en vous, monsieur, c'est cette imagination ingénieuse qui vous fait rechercher sans cesse les moyens de donner à la chemise le caractère splendide des modes de Louis XV. Restaurez, monsieur, restaurez sans crainte; rendez-nous ces beaux habits et ces dentelles flottantes de nos aïeux, avec la chemise qu'ils ne montraient pas, et dont la perspective ne gâtera rien à la chose. La chemise aujourd'hui fait le moine. Il suffit d'envisager une chemise sur un torse quelconque, pour savoir si celui qui la porte est un empereur ou un goujat. — En cela, je suis totalement de l'avis de l'élève de l'école des chartes, et d'une de ces dames du corps de ballet de l'Opéra, qui disait l'autre soir, à propos d'un habit boutonné jusqu'à la nuque.

— Je déteste les hommes qui n'ont pas de linge.

Sa voisine répondit :

— Mademoiselle a donc été la maîtresse de Chodruc-Duclos?

Ne trouvez-vous pas, monsieur, que ces filles d'Opéra sont de bien agaçantes commères, et vous devez avoir là-dedans plus d'une pratique pour vos mouchoirs et vos pièces de batiste dont elles se font des peignoirs ou des chemises, à moins qu'elles n'en fassent des draps de lit ou qu'elles ne les portent au Mont-de-Piété.

Je répondis à M. Greluchet que c'était encore là un des secrets de ma profession; que les comptes de mon grand-livre me défendaient de trahir.

— Votre grand-livre, alors, ô mon bienfaiteur, ressemble beaucoup à la boîte de Pandore, vous y tenez la vie et la mort, vous y renfermez les arcanes du nord et du midi, car, si je ne me trompe, vous possédez aussi une colonie de chemises à Saint-Pétersbourg, dont M. Leprêtre est le proconsul et dont le magasin, unique en son genre, fait les délices de la Grande Morskoy?

— On ne vous a pas menti, flatteur.

— Au moins, me direz-vous, reprit M. Greluchet, d'où vous viennent ces belles toiles dont je porte un échantillon sur ma poitrine?

— Les toiles, sans compter celles que nous fabriquons, nous arrivent de plusieurs pays. La première est celle de Hollande. La vraie toile de Hollande, monsieur, est aux autres toiles ce que la tapisserie des Gobelins est à la moquette des corridors des Bouffes. — Viennent ensuite les toiles de Gand et de Courtrai; les galériens de Gand se croiseraient les bras si la province de la Flandre orientale venait à manquer de lin et de chanvre. Les batistes imprimées pour négligé du matin sont du dernier goût. Nous avons encore la toile d'Irlande et celle de Bielefeld en Prusse, et vous me dispenserez de continuer cette énumération jusqu'à la toile à matelas.

— Je croyais pourtant avoir entendu dire, observa M. Greluchet avec un tact d'érudit, que l'on fabriquait de la toile de Hollande du côté de Beauvais?

— Mais sans doute, mon cher monsieur! Est-ce qu'on ne fabrique pas aussi des bronzes d'Herculanum, rue de l'Abbaye, et des biscuits de Reims rue Mauconseil.

M. Greluchet se plongea un doigt dans le nez, en disant :

— Au fait, c'est juste.

Un silence prolongé suivit ces mémorables paroles.

XIII

Inter pocula.

Sur ces entrefaites, l'archéologue de Nogent-sur-Vernisson bâilla jusqu'aux oreilles.

Ce mouvement impromptu de la mâchoire me permit de passer un rapide examen de l'intérieur qui n'était pas comme on aurait pu le supposer d'abord totalement dépourvu de canines. — La configuration du ratelier de M. Grelucbet offrait de frappantes analogies avec celle d'un requin. — J'en conclus qu'une invitation à dîner ne lui déplairait pas. L'événement justifia mes espérances, et nous reprîmes à table une conversation qui doubla, sans que nous y prissions garde, notre soif et notre appétit.

Sur le chapitre de la boisson, l'ordre du Temple aurait élu d'emblée mon convive grand-maître; en matière de comestibles il était de la force de Pantagruel.

Je lui expliquai les variétés de la chemise et les aventures sans nombre auxquelles elle a donné lieu, et que la discrétion m'ordonne de taire. — Qu'on sache bien que sans la chemise, Paris ne serait pas la première ville du monde, et que la désolation habiterait la banlieue.

Gentilly, Issy, Vaugirard, Vanvres n'ont d'autre industrie que celle des blanchisseuses. Le premier, le plus beau livre de

M. Jules Janin, *l'Ane mort et la Femme guillotinée*, est plein de pathétiques épisodes inspirés par la chemise. — Manon Lescaut et ce pauvre Degrieux ne sont jamais si bien que lorsqu'ils montrent leur linge.

L'abbé Prévost a dû écrire son roman en chemise.

Procurez-vous les plaisirs de la promenade *extrà muros*, traversez les boulevards extérieurs, franchissez les fortifications, et puis portez vos regards à droite et à gauche sur les prairies qui servent de trottoirs à la grande route. Vous ne serez séduit ni par leur gazon, ni par leurs paquerettes blanches ou leurs boutons d'or, — encore moins par leurs tulipiers ou par leurs mélèzes. — Les environs de Paris sont peu fertiles en haute-futaie; — ils ne produisent à proprement parler que des chemises.

Mais quelles chemises!

En contemplant cette quantité infinie de pans et de manches qui flottent au gré de

la brise du soir, on se demande où sont les bras, où sont les mains qui ont pu tailler, qui ont pu coudre tous ces fragmens de toile ou de calicot. — On se demande aussi quelles vicissitudes du sort, quels travaux de l'amour ou du hasard les ont ravagées, percées à jour, et si une fine dentelle court capricieusement le long du col, on s'arrête à la contempler en rêvant comme Gil Blas devant la pantoufle.

— Que de mystères vous me dévoilez là, monsieur Longueville, balbutia Greluchet, la bouche pavée de raisin de Corinthe.

— Des mystères! monsieur! vraiment vous n'êtes pas au bout. Nous avons à Paris des maisons de correction pour les femmes, entre autres Saint-Lazare, et les Filles repenties, puis Clermont en Beauvoisin. Le travail des malheureuses créatures renfermées dans ces geôles consiste surtout en ouvrages de couture. — Les particuliers ou les marchands y portent un grand nombre de chemises à faire, parce que la façon se paie au rabais. Les sommes résultant de ce travail sont consacrées à l'entretien des prisonnières.

Chaque femme a sa tâche — une chemise par jour — les chemises en plus faites durant la semaine, sont payés dix sous pièce.

Les travaux de notre spécialité sont, au reste, de deux genres très distincts qui s'adressent aux ouvrières et aux artistes.— A celles-ci nous confions des devans de chemise dont les caprices sont aussi nombreux que les grains de sables au fond de la mer : Petits plis, plis larges, points à jour, broderies; on n'en finit jamais. — A celles-là on donne les corps de chemise, qui ne nécessitent que d'innocens surjets ou de faciles coutures.

M. Greluchet, qui avait encore le gosier plein, m'interrompit d'un geste :

— On m'a assuré, — me dit-il quand sa mâchoire, suffisamment libre, pût livrer passage aux paroles, — que vous n'aviez jamais accordé vos fournitures aux prisons, et que vous préfériez les maisons religieuses.

— En effet, cher monsieur, le travail des prisons n'est pas toujours irréprochable, et puis, les mélodrames de mon enfance m'ont enseigné cela : à savoir que le vice est puni tôt ou tard...

— Je me souviens d'avoir souvent entendu exprimer cette belle pensée par M. Marty.

— Mais on trouve dans les mêmes mélodrames que la vertu n'est pas toujours récompensée.

— Hélas ! à qui le dites-vous, monsieur Longueville.

—C'est donc à un couvent, continuai-je, que je dois ma première demoiselle de magasin, Cécile...

— Cécile..... — dit M. Greluchet avec

surprise. — Je ne pus obtenir d'autre détail de ce vieillard, qui murmurait des phrases incohérentes, des mots inconnus, et qui, s'apercevant qu'il n'y avait plus rien dans les verres, et très peu de chose dans les plats, se hâta de quitter la table pour retourner au cul-de-sac du Bon-Puits, afin que sa portière ne fût pas inquiète.

XIV.

Invocation.

Si Apollon, Dieu du Pinde, avait touché mon front de sa lyre d'or, je chanterais la chemise sur le mode ionien, ou en petits vers saphiques, à la façon d'Horace.

Je raconterais les triomphes de *la chemise de jour* dans un chant séculaire que de naïves jeunes filles rediraient en chœur sous les fenêtres de mes pratiques.

Je composerais, sur *la chemise de nuit*, un nocturne, avec musique de M. Clapisson.

Faute de rimes, je suis contraint, hélas!

de relater ici mes observations en vile prose.

Les femmes qui se montrent le plus en public sont celles qui se couvrent le moins. A-t-on jamais songé que les danseuses, dans l'exercice de leurs fonctions, n'avaient point de chemise ! . . . . !!

Toute la chasteté de Taglioni ne fera pas qu'elle ait autre chose sur elle, lorsqu'elle s'abandonne à ses pirouettes, que deux jupons et un corsage de gaze. — Quand cette belle enfant de Séville, cette Andalouse aux yeux bleus et aux cheveux maures, dont Pétersbourg, Dresde, Berlin, et surtout le gendarme au coup de cravache, savent le nom par cœur ; — quand Lola Montez, la jambe arrondie, le pied mignon touchant à peine la terre, se cambre, se roule, avec ses frémissantes castagnettes.

dans le tourbillon impétueux des boléros,

Lola, la brune et la jolie, n'a pas d'autre chemise que sa basquine.

M. Perpignan, le sergent de ville des mœurs dramatiques, est capable de porter plainte à M. Cavé, son chef, et d'en écrire à S. M. Louis-Philippe, comme après la première représentation de la *Jolie fille de Gand*, où Maria, pour être plus légère, avait oublié une de ses jupes dans sa loge. — M. Perpignan en sera pour ses gants paille et ses courses de citadine.

La chemise au théâtre est presque une superfluité : si les danseuses n'en mettent pas, les amoureux n'en portent guère.

Ces beaux jeunes gens, que vous voyez se démantibuler les hanches le long de la rampe, la bouche en cœur et la figure peinte, ces lions de vaudeville barbouillés de céruse et de blanc d'Espagne, ces écuyers cavalcadours de l'Ambigu, dont les jabots menacent incessamment le parterre, ces hommes bien mis, qui courent les salons et les promenades, n'ont exactement de linge que ce qu'ils en montrent — leur chemise est une chemisette qui se pose sur l'estomac nu, ou sur un vieux gilet de laine.

A ces Figaros, toujours à genoux devant un écu, vous ne feriez pas, pour cinquante louis, ôter leur paletot sur la place de la Concorde.

Combien de romans intimes en sont restés au premier chapitre à cause d'une chemise sale ?

La littérature n'a pas peu contribuée, en ces derniers temps, à répandre un vif éclat sur la chemise. — M. de Balzac se distinguait, il y a dix ans, par sa canne.—M. Théophile Gautier par ses cheveux ; — M. Paul Foucher par son lorgnon : — beaucoup devaient leur célébrité au racornissement de leurs bottes.

Aujourd'hui on cite les écrivains qui ont des chemises.

M. Alexandre Dumas en étalait une, cet

hiver, dont l'estomac représentait un vase de fleurs. Ce pot aux roses était un symbole. M. Dumas s'est toujours complu à s'encenser lui-même.

M. Roger de Beauvoir porte des chemises brodées à jour, afin de prouver que le ciel n'est pas plus pur que le dessus de sa poitrine.

Les chemises de M. Nestor Roqueplan sont de toutes, peut-être, les plus ébouriffantes. Entrez chez lui le matin, il y en a sur toutes les chaises, sur tous les meubles ; elles jonchent les tapis, — à ce point que le directeur du théâtre des Variétés reste quelquefois deux heures, dans le candide attirail de notre père Adam, errant de l'une à l'autre, faute de savoir laquelle prendre.

Ce désagrément d'avoir trop de faux-cols sera particulièrement apprécié par les Français qui n'en ont pas du tout.

La littérature débraillée compte encore parmi ses fervens apôtres : le spirituel continuateur de Poinsinet, l'auteur des *Mystères de l'Opéra*, M. Albéric Second, qui ne boutonne jamais plus d'un bouton de son gilet ; — M. le baron de Bazancourt possesseur de manchettes aussi connues à l'Opéra que le col omnibus de M. Véron ; — M. Louis Lurine, dont l'épaule gauche ploie sous le faix de son jabot ; — M. Guénot-Lecointe qui a des chemises de dessins différens pour chaque jour du mois ; on sait la date au nombre des plis ; — M. Jules Sandeau et M. Arsène Houssaye qui professent une estime spéciale pour les bouts de manche plissés ; — M. Deschères, dont les cravates et les mouchoirs font fanatisme à l'Académie royale de Musique en général, et en particulier au foyer de la danse ; — M. Gérard de Nerval, qui laisse toujours appendu à sa fenêtre en guise de rideau et en commémoration de son voyage en Orient, une chemise de soie — les Turcs n'en ont pas d'autre — portée par la sultane qui s'est précipitée d'amour pour lui au fond du Bosphore.

Dans les arts, on vante depuis 1830, le nœud de cravate de M. Duponchel, la blouse de M. Horace Vernet, l'incomparable finesse du linge de Mme Stoltz, et les chemises de Roger de l'Opéra Comique, celui de nos *ut* de poitrine, qui répand avec le plus de prodigalité dans ses costumes, les malines, les valenciennes et la guipure.

Ces illustrations, et d'autres gentilshommes, comtes polonais, seigneurs allemands, landlords, princes russes, capitalistes de toutes les couleurs et de tous les pays, m'ont dévolu l'honneur d'abriter, sous la toile de Hollande ou de Frise leurs opulentes épaules.

Je leur en adresse ici mes humbles remercîmens, mes actions de grâce sincères, en attendant que je leur envoie ma facture.

Et s'il ne résultait pas de ce qui précède que la chemise est un costume essentiellement français et malin, n'en trouverait-on pas un dernier et irrécusable témoignage dans le type le plus populaire de notre carnaval; — celui qui court depuis quinze ans les bals masqués de l'Opéra, les cabinets particuliers du Café Anglais et de la Maison-d'Or, qui a inspiré à Gavarni tant de bas-reliefs philosophiques incrustés dans le marbre du *Charivari* — le *débardeur*, enfin, cette expression multiple de la joyeuseté, de la fantaisie parisienne ; le *débardeur*, qui n'est, en somme, qu'un pantalon de cuirassier et une chemise, et qui pourtant, réalise, avec Robert Macaire, l'expression la plus exacte de l'esprit chevaleresque, de l'exquise galanterie qui distingue au dix-

neuvième siècle les troubadours français et les chicards.

XV.

Entre parenthèse.

Le lecteur souffrira peut-être que je m'interrompe moi-même, que j'ouvre une parenthèse au beau milieu de ma période sur la chemise, afin de m'étonner du départ subit de M. Greluchet, me laissant continuer mon discours dans le vide, et surtout de l'ébahissement marqué par ce vieillard au nom de Cécile, ma blonde demoiselle de magasin.

Ne faut-il pas qu'à la fin d'une histoire chaque chose s'explique? Anne Radcliffe n'a jamais procédé autrement dans ses livres. — Ne faut-il pas, qu'après la lecture, le bourgeois, satisfait de lui-même et de l'écrivain, coiffe avec admiration sa chandelle de l'éteignoir? et se retournant dans le lit vers son héritier qui sommeille les pieds en l'air à cause de sa colique, lui répète dans un accès de bonne humeur :

— Il a donc été bien méchant cette nuit le petit amour à sa mémère?

Il le faut, n'en doutez pas. Aussi, sans plus de préambule, passant sur beaucoup de détails inutiles, de visites et de circonstances oiseuses, apprendrai-je aux personnes que la chose intéresse que Frétillon, notre portière du cul-de-sac du Bon-Puits, avait, aidée des conseils du Monsieur aux chaussons de lisière, arrangé un mariage entre Cécile et l'intéressant élève de l'école des chartes, rencontré à Nogent-sur-Vernisson par le vieux Greluchet.

L'apprenti académicien avait plus d'une fois erré le soir, entre neuf et dix heures, sur le trottoir de la rue Neuve-Vivienne, se perdant dans la foule, pétrissant l'asphalte au pas de charge, collant de temps à autre sa silhouette jubilante aux glaces de mon magasin; le tout, afin d'obtenir un regard de Cécile, ou le moindre sourire en coulisse.

Une fois même il était entré pour acheter un col de madapolam; et comme on lui avait répondu que les faux-cols ne se vendaient qu'à la demi-douzaine, il s'était vu contraint de battre en retraite faute de monnaie.

Ces particularités, et d'autres aussi sentimentales, étaient venues aux oreilles de Frétillon qui, rudement instruite par l'expérience, s'était écriée :

— Faut la marier cette jeunesse.

Le Monsieur chauve de Sainte-Perrine, ne pouvant être aimé pour lui-même ou pour ses chaussons de lisière avait répondu :

— Eh! bien, marions-la.

Et l'affaire était en train de se conclure au retour de Greluchet, qu'on avait mis dans la confidence, et qui s'était sauvé de ma table dans la crainte, n'ayant plus rien à manger, de commettre une indiscrétion.

Les projets d'union de Cécile furent tenus si secrets que je n'en fus informé, — moi qui devais fournir les chemises de noce, — que par l'invitation au mariage.

XVI.

Pique-nique.

M

Monsieur Isidore GRELUCHET, *membre de plusieurs Sociétés savantes*, *Monsieur* Eustache POIREAU, *ancien pédicure* (le Monsieur chauve de Sainte-Perrine), *et Mademoiselle* Fifine LEGRAS *dite* Frétillon, *rentière, ont l'honneur de vous faire part du mariage de Mademoiselle* **Cécile GOUSSET,** *leur amie, avec Monsieur* **Sylvestre-Polycarpe BADOULOT**, *ex-Elève de l'Ecole des Chartes, et vous prient d'assister à la Bénédiction nuptiale qui leur sera donnée en l'Eglise de Notre-Dame-de-Lorette, ainsi qu'au repas qui aura lieu chez* Tonnelier, *Restaurateur, barrière du Maine, à raison de cinquante sous par tête.*

On aura des couverts d'argent.

XVII.

Ils eurent beaucoup d'enfans.

Le repas fut gai, — le bal se prolongea fort avant dans la nuit — et la mariée ne perdit pas ses jarretières.

Après quoi, comme dans la chanson de Marlborough :

La cérémonie faite
Mironton, mironton, mirontaine,
La cérémonie faite
Chacun s'en fut coucher;

Les uns avec leurs femmes
Mironton, mironton, mirontaine,
Les uns avec leurs femmes
Et les autres tous seuls.

Mais, époux ou célibataires, tous furent

d'avis que les *Mystères de la chemise* devaient s'arrêter à la porte de la chambre à coucher de madame Cécile Badoulot.

A quoi bon d'ailleurs assombrir par la lecture , les veilles d'une première nuit de noce ?

Un philosophe de la fête, prévoyant la circonstance, avait écrit à la craie sur la porte du domicile conjugal, ces mots si profonds et si simples :

ILS SONT HEUREUX

NE LES ENDORMEZ PAS.

FIN.

TABLE DES MATIÈRES.

FIN DE LA TABLE.

www.ingramcontent.com/pod-product-compliance
Lightning Source LLC
LaVergne TN
LVHW012017220826
846092LV00001B/387

* 9 7 8 2 3 2 9 7 7 0 6 5 9 *